Ag Taisteal le Tarlach
sa tSeapáin

0679036

Le fáil ar an bpost uathu seo:

An Siopa Leabhar,   *nó*   An Ceathrú Póilí,
6 Sráid Fhearchair,   Cultúrlann Mac Adam-Ó Fiaich,
Baile Átha Cliath 2.   216 Bóthar na bhFál,
ansiopaleabhar@eircom.net   Béal Feirste BT12 6AH.
                                         leabhair@an4poili.com

Orduithe ó leabhardhíoltóirí chuig:
Áis,
31 Sráid na bhFíníní,
Baile Átha Cliath 2.
eolas@forasnagaeilge.ie

An Gúm, 24-27 Sráid Fhreidric Thuaidh, Baile Átha Cliath 1.

Ag Taisteal le Tarlach sa tSeapáin

Laoise Ní Chomhraí

Barry Murphy
a rinne na pictiúir

An Gúm
Baile Átha Cliath

Tarlach is ainm domsa. Tá mé chun cuairt a
thabhairt ar mo chara Satomi – sa tSeapáin!
Tar in éindí liom.

Tarlach de Búrca
16 Bóthar Nua
Gaillimh,
Éire

Is cara cleite liom í Satomi. Bímid ag
scríobh chuig a chéile. Mhol sí dom
saoire a chaitheamh sa tSeapáin.
Tá cónaí uirthi in Kyushu. Tá Kyushu
réasúnta te, mar sin tabharfaidh mé
éadaí éadroma liom.

Tá ceithre phríomhoileán sa tSeapáin:

Hokkaido, Honshu, Shikoku agus Kyushu. Tá a thuilleadh mionoileán ann agus iad uile scaipthe amach idir Oileán Sakhalin na Rúise agus an Téaváin — fad 3000 ciliméadar!

Bíonn sé réasúnta fuar in Hokkaido. Bíonn teocht idir -12°C sa gheimhreadh agus 26°C sa samhradh ann. Ach bíonn sé i bhfad níos teo in Okinawa: idir 13°C sa gheimhreadh agus 31°C sa samhradh. Sa samhradh, san fhómhar nó sa gheimhreadh — ag brath ar an áit a bhfuil cónaí ort — a bhíonn an séasúr fliuch ann.

Tá turas fada romham!

Beidh orm dul go Londain ar dtús.
Tógfaidh sé thart ar thrí uair an chloig
déag orainn eitilt ó Londain go hOsaka.
As sin beidh orm dul go Fukuoka. Tá
Satomi chun bualadh liom ag an aerfort.

Sheol Satomi bratach na Seapáine chugam le go bhféadfainn í a fhuáil ar mo mhála.

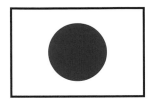

Seo ainm na tíre - an tSeapáin - sa tSeapáinis: 日本

Sheol sí airgead chugam freisin. Is é an **yen** airgead na Seapáine. Scríobhtar mar seo é, **¥** nó mar seo 円 . Seo iad na boinn agus na nótaí a sheol sí chugam.

Nóta: Níl uimhir Arabach ar an mbonn 5 yen. Tá 五 scríofa air. Is Kanji (cló na Seapáine) é sin le haghaidh 5 yen.

Shocraigh mé ar ruainne beag Seapáinise
a fhoghlaim sula mbuailfinn le Satomi.
Tá roinnt frásaí agam ar téip agus is mar seo a deirtear iad:

SEAPÁINIS	FUAIMNIÚ	GAEILGE
O-hayou	Ó-**haigh**-ó	Dia duit/Dia daoibh (ar maidin)
Konnichiwa	Có-ní-chi-**bha**	Dia duit/Dia daoibh (tráthnóna)
Konbanwa	Con-ban-**bha**	Dia duit/Dia daoibh (san oíche)
Sumimasen	Sú-mí **ma**-sen	Gabh mo leithscéal
Sayonara	Saigh-**ó**-nara	Slán
Watashi wa <u>Tarlach</u> desu	Bha-ta-sí-**bha** Tarlach dess	Tarlach is ainm dom
Arigato	A-rí-**ga**-tó	Go raibh maith agat
O-kuni wa dochira desu ka	Ó-cu-ní-**bha** dó-tí-**ra** dess ca	Cé as thú?
Airurando desu	Aigh-ru-**ran**-do dess	Éire

ARIGATO

Ba mhaith liom a bheith in ann rud éigin a
rá nuair a bheidh mé ag labhairt le Satomi,
lena cairde nó lena muintir.

Dia duit.
Tá fáilte romhat chuig an tSeapáin. Caithfidh go bhfuil tuirse ort.

Konbanwa.
Tá. Chodail mé ar an eitleán ach tá tuirse orm i gcónaí.

Abhaile linn díreach mar sin.

TEACH SATOMI

Seo an teach ina bhfuil cónaí orm féin agus ar mo mhuintir. Taispeánfaidh mé duit cá bhfuil gach rud. Tá go leor árasán sa tSeapáin ach táimidne inár gcónaí i dteach atá tógtha ar an seanstíl. Tá an teach déanta as adhmad. Tá an tSeapáin an-tais agus bíonn crith talún ann go minic; mar sin is oiriúnaí iad na tithe seo ná na cinn a dhéantar de bhloic.

((Crith talún! Meas tú an mbeidh mé féin ag crith go luath?))

GENKAN

Tá seans ann ceart go leor ach de ghnáth ní bhíonn mórán dochair iontu.

Seo an halla. Ní chaithimid bróga sa teach. Bainimid na bróga dínn lasmuigh agus cuirimid slipéir orainn. **Genkan** a thugtar ar an halla. Is féidir na bróga a fhágáil sa chófra seo go dtí go mbíonn gá agat leo arís.

11

An seomra codlata

fusuma

shoji

Shoji a thugtar ar an doras bán, páipéar bán greamaithe le fráma adhmaid. Is féidir dul amach ar an mbalcóin tríd an doras sin.

Codlaím ar an urlár, ar **futon**, seachas ar leaba. Cuirimid an futon sa chófra chuile mhaidin. Beidh ortsa codladh ar futon fad is atá tú anseo. Tá sé an-chompordach. Tá sé ar nós tocht agus cuilt ar a bharr.

Is kotatsu é seo

Rud an-suimiúil atá ann –
bord agus teasaire faoi.
Má bhíonn fuacht ort is
féidir do chosa a chur
faoin éadach agus beidh
tú breá teolaí ansin.
Sa seomra suí a bhíonn
an kotatsu acu.

KOTATSU

Seo an seomra folctha

Ní théann Seapánaigh isteach san fholcadán go dtí go níonn siad iad féin ar dtús. Líonann siad suas an folcadán le huisce. Ní úsáideann siad aon ghallúnach san uisce. Coimeádtar glan é mar go mbeidh daoine eile á úsáid.

BÁISÍN

Báisín le huisce a chaitheamh ort féin

STÓL

Stól le suí air fad is atá tú do do ní féin

GALLÚNACH

Ní bhíonn an leithreas in aon seomra leis an bhfolcadán. Tá doirteal ar bharr an leithris. Shuigh mise síos ar an leithreas seo agus baineadh geit asam mar bhí sé te.

Tá teasaire air le do thóin a choinneáil te!

An teasaire

LEITHREAS

De ghnáth is sna tithe nua a bhíonn a leithéid.

16

Ba mhaith liom dul amach ag siúl agus an baile a fheiceáil.

Cinnte.
Seo geata torii le taispeáint go bhfuil an bóthar ag dul suas chuig scrín Sinteo. Ar mhaith leat é a fheiceáil?

GEATA TORII

Ba mhaith, cinnte.

Seo leat. Ar mhaith leat pictiúr a ghlacadh de dhealbh nó dhó? Tá mé cinnte go mbeadh suim ag do chairde iontu.

17

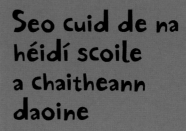

Seo cuid de na héidí scoile a chaitheann daoine

Cathain a thosaíonn sibh ag freastal ar scoil?

Bíonn gasúir sa naíonra ó aois a trí go dtí aois a sé bliana. Téann siad ar an mbunscoil ina dhiaidh sin agus ansin an mheánscoil shóisearach agus an mheánscoil shinsearach.

Téann go leor daoine ar scoileanna dianstaidéir chomh maith le staidéar breise a dhéanamh. Bímse ag foghlaim Béarla i scoil phríobháideach. Is Éireannach í mo mhúinteoir. Caitheann múinteoirí ó thíortha eile bliain nó dhó inár measc: múinteoirí ón Astráil, ón Nua-Shéalainn agus ó Shasana, mar shampla.

Glacaim leis nach Seapánaigh amháin atá sa tír.

Seapánaigh is mó atá sa tír, ar ndóigh, ach chomh maith leo siúd tá Cóiréigh, Meiriceánaigh agus Sínigh. Tá grúpa beag ar a dtugtar Ainu atá ina gcónaí i nHokkaido. Tá a gcultúr agus a nósanna féin ag an bpobal bundúchasach sin. Tá os cionn 127 milliún daoine ina gcónaí sa tSeapáin. Is í an tSeapáinis teanga na tíre, ar ndóigh.

Seo garrán bambú.

Fásann bambúnna an-sciobtha i gceantair thrópaiceacha agus i gceantair mheasartha. Tá neart díobh le feiceáil thart anseo. Déantar an **shakuhachi** – fliúit – as bambú.

20

Rís, glacaim leis?

Sea. Ithimid go leor ríse.

Bhuel, tá dhá rud feicthe anois agat, na goirt ríse agus an garrán bambú.

Tá go leor rudaí difriúla le feiceáil sa tSeapáin, nach bhfuil? Bolcáin, linnte láibe, toibreacha teo, goirt ríse, foraoisí ... Ba mhaith liom gach rud a fheiceáil.

RÍS

LINN LÁIBE

Bhí lá fada againn!

Tá sé in am dul a chodladh anois mar beidh orainn éirí an-luath ar maidin. Éiríonn mo mháthair ar a sé a chlog le bricfeasta agus lón a réiteach dúinn.

Am bricfeasta!

Tabharfaimid an bosca lóin linn ar an turas agus íosfaimid an lón le cipíní itheacháin.

Is rís í seo agus anraith **miso**. Tá sé an-bhlasta – agus folláin!

Réitigh máthair Satomi **bento** dúinn le haghaidh lóin. Sa bhosca lóin chuir sí **onigiri**, bradán, **daikon**, **takenoko** agus **tamago-yaki**.

Seo Sakurajima

SASHIMI

Táimid chun dul amach chuig an mbolcán seo i mbád. Tá daoine ina gcónaí ann. Féach, is féidir deatach a fheiceáil ag teacht amach as!

Inis a thuilleadh dom faoin mbia atá agaibh. Tá an-chuid bianna difriúla sa tSeapáin.

Iasc amh (**sashimi**) cuir i gcás agus uaireanta feoil amh capaill (**basashi**). Is é is **nato** ann, pónairí lofa.

Rinne máthair Satomi béile mór dom le go bhféadfainn **soba** agus **udon** a bhlaiseadh.

Thaitin siad go mór liom.

Is núdail iad soba agus udon.
Tá soba tanaí agus donn.
Tá udon tiubh agus bán.

Rinne sí **ramen** dom freisin. Thaitin sé sin go mór liom. Is anraith é ramen ina bhfuil glasraí, feoil agus udon nó soba. Bhí sé an-bhlasta. Ceapaim gur fearr liom soba ná udon.

igh mé féin agus
mi go **Beppu**

Beppu

Beppu

Seo cuid de na grianghraif a thóg mé ann. Bhí
an t-uisce ann ar fiuchadh. Bhí uibheacha sa
chiseán. Bhí tú in ann iad a bhruith. Bhí muid in
ann an ghal uisce a fheiceáil. Ní fhéadfainn dul
isteach san uisce ... bhí sé róthe.

Seo pictiúr de linn láibe ar fiuchadh

Tugtar **jigoku** ar a leithéid.
Ciallaíonn sé sin ifreann bruite.

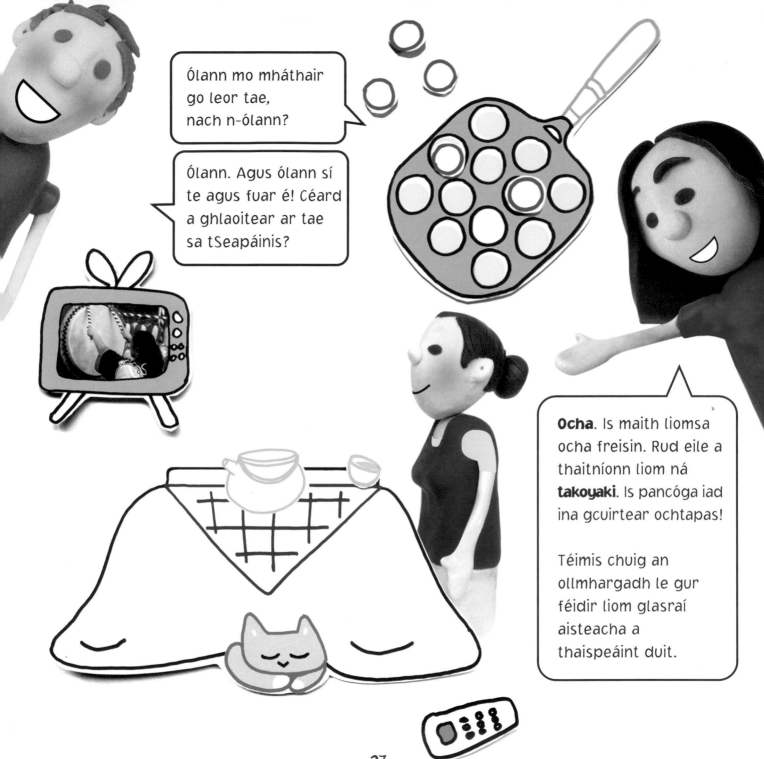

Ólann mo mháthair go leor tae, nach n-ólann?

Ólann. Agus ólann sí te agus fuar é! Céard a ghlaoitear ar tae sa tSeapáinis?

Ocha. Is maith liomsa ocha freisin. Rud eile a thaitníonn liom ná **takoyaki**. Is pancóga iad ina gcuirtear ochtapas!

Téimis chuig an ollmhargadh le gur féidir liom glasraí aisteacha a thaispeáint duit.

27

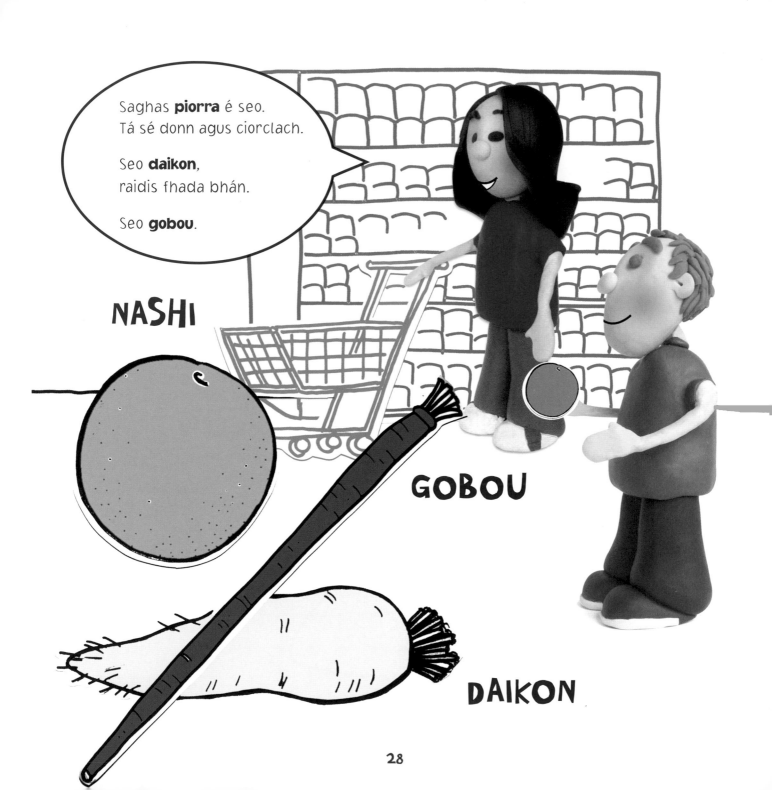

Saghas **piorra** é seo.
Tá sé donn agus ciorclach.

Seo **daikon**,
raidis fhada bhán.

Seo **gobou**.

NASHI

GOBOU

DAIKON

28

Seo cuid den bhia a bhíonn sa bhaile againn. Féach an bhfuil tú in ann an focal a cheangal leis an bpictiúr.

Aisu kuriimu

Banana Tomato

Chiizu

Keki

Hanbaaga

Painappuru

Hamu

Freagraí-chiizu-cáis, hamu-liamhás, aisu kuriimu- uachtar reoite, tomato-tráta, banana-banana, hanbaaga-borgaire, keki-cáca, painappuru-anann.

Tá cineálacha difriúla spóirt acu sa tSeapáin. Is féidir **sumo** a fheiceáil ar an teilifís. Tá mé féin agus Satomi ag comórtas. Bíonn tuairim is sé ilchomórtas ar siúl chuile bhliain.

Tugadh cuireadh dom páirt a ghlacadh sa chomórtas!

Tá orm mo chéile comhraic a leagan nó a bhrú as an gcró. Má thiteann sé nó má leagann sé cos taobh amuigh den chró caillfidh sé an babhta. Tá orm bréid gabhail agus crios a chaitheamh ar nós mo chéile comhraic. Bíonn gruaig fhada ar na seaimpíní sumo. Cuireann siad ola ina gcuid gruaige. Bíonn scata eachtrannach sa tSeapáin ag imirt sumo anois. Tá cuid acu an-cháiliúil ar nós Akabono ó Haváí. Tá sé iontach ramhar. Meas tú an bhfuil aon seans agam buachan?

KYUDO

Chuaigh muid chuig comórtas kyudo freisin.

Is boghdóireacht atá ann. Bhí an comórtas thar cionn. Ach nuair a thriail mise an bogha a úsáid theip glan orm agus ba bheag nár chuir mé an tsaighead i dtóin duine den slua.

31

KENDO

Is gá éadaí cosanta a chur ort.
Caithfidh tú do chéile comhraic a
bhualadh ar an gceann, ar na lámha,
ar an gcolainn nó ar an scornach.

Bí cúramach!

Níor éirigh go rómhaith liomsa leis
an spórt sin ach an oiread. Ceapaim
nach dtriailfidh mé **judo, karate** ná
aikido a imirt!

32

Seo judo

Faigheann tú greim ar do chéile comhraic agus caitheann tú ar an talamh é. Tá karate cineál cosúil le judo ach go n-úsáideann tú na cosa agus na lámha. Is breá liom a bheith ag breathnú ar aikido.

JUDO

AIKIDO

SACAR

Imrítear cluiche corr sa tSeapáin. Tá cuid de na himreoirí is fearr imithe go Meiriceá agus iad páirteach sna sraithchomórtais mhóra. Tá daoine ar nós Ichiro agus Matsui ag imirt i Meiriceá anois.

Imrítear sacar freisin sa tSeapáin. Tá go leor de na himreoirí is fearr ag imirt san Eoraip ach d'imir siad leis an tSeapáin i gCorn an Domhain. Bhí Corn an Domhain ar siúl sa tSeapáin agus sa Chóiré sa bhliain 2002, an chéad uair riamh a bhí sé ar siúl san Áise. Bhí sé iontach maith. Thaitin sé go mór le gach duine – seachas Roy Keane b'fhéidir.

Tabharfaidh mé chuig bialann anois thú le **okonomiyaki** a ithe ós rud é nár éirigh go rómhaith leat le sumo, kyudo ná le kendo! Taitneoidh an bhialann seo leat.

Cén sort bia é okonomiyaki?

Is pancóga iad

Féach ar an mbiachlár seo. Céard atá uait? Is féidir leat okonomiyaki a ithe le glasraí, le hiasc nó le feoil.

Le glasraí le do thoil.

35

Measc na comhábhair uile le chéile ar dtús, ansin cuir ar an mbord iad

Ar an mbord? Ní féidir leat pancóga a chócaráil ar an mbord!

Is féidir – ar an mbord seo. Is bord miotail é seo agus tá sé te. Ní fada go mbeidh na pancóga réidh.

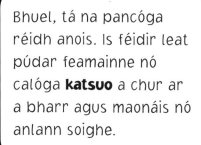

Bhuel, tá na pancóga réidh anois. Is féidir leat púdar feamainne nó calóga **katsuo** a chur ar a bharr agus maonáis nó anlann soighe.

Uch! Céard sa diabhal iad na calóga katsuo seo?

Níl aon bhaint aige leis an gcat – cé go dtaitneodh sé le cat! Iasc atá ann.

Ceapaim go n-íosfaidh mé mo phancóg gan aon rud breise uirthi ach anlann soighe!

Tá mé féin agus Satomi in nSapporo faoi láthair

Féile sneachta atá ar siúl anseo, Yuki Matsuri. Tá na dealbha déanta as sneachta nó oighear. Bíonn an fhéile seo ar siúl i mí Feabhra. Tá cuid de na dealbha beag agus cuid acu mór millteach. Tá sleamhnáin déanta de shneachta agus d'oighear ann freisin. Seo cuid de na pictiúir a thóg mé. Bhí na dealbha iontach maith ach thaitin na sleamhnáin go mór liom.

Nach fuar atá sé!

Ceapaim go rachaidh mé isteach sa bhialann seo agus ramen a fháil. Ramen le miso atá anseo ina bhfuil udon, ubh, feoil agus glasraí. Díreach an rud atá uaim.

Bhuel, bhí sé sin togha.

Rachaidh mé ar thóir Satomi. Tá sí fós ag breathnú ar na dealbha is dócha.

Sapporo

Bíonn Hina Matsuri ann ar an 3ú Márta

Is féile do chailíní atá ann, Féile na mBábóg. Cuirtear na bábóga ar taispeáint sa bhaile. Ithimid bia speisialta. Bíonn kimono deas orainn.

Hina Matsuri

Bíonn féile do na buachaillí ann freisin – ar an 5ú lá de Bhealtaine

Bíonn taispeántas ann ach is siombailí agus bábóga míleata a bhíonn ann. Crochtar an **koi-nobori**, cineál eitleoige, a shéideann sa ghaoth.

Féile mhór sa tSeapáin is ea Féile na hAthbhliana

Téann an teaghlach go léir go dtí an scrín chun paidir a rá agus rath na hathbhliana a ghuí ar a chéile. Faighimid bileog ann a insíonn dúinn cad atá i ndán dúinn. Is féidir **kadomatsu** a fheiceáil ar an mbealach isteach go dtí an scrín. De bhambú agus de ghiúis é. Cuirimid eitleoga san aer aimsir na hathbhliana chomh maith agus bíonn bia speisialta againn.

40

I mí lúil nó i mí Lúnasa a bhíonn an fhéile O-bon ann

Bailíonn grúpaí le chéile le damhsa ar na sráideanna. Creidimid go dtagann spioraid ár muintire atá básaithe ar ais ar cuairt le linn an tsamhraidh. Caithimid yukata le linn na féile seo mar go mbíonn an aimsir te. Bíonn tinte ealaíne le feiceáil freisin i mí lúil agus i mí Lúnasa. Tugaimid **hanabi** ar na tinte ealaíne. 'Bláthanna tine' is brí leis. Bíonn siad thar barr amach is amach. Is féidir bia agus bréagáin a cheannach ar na sráideanna. Is maith liomsa éisc órga a cheannach.

Chuaigh mise chuig an bhféile seo, Féile na Laindéar in Nagasaki, le Satomi. Bhí sé thar barr. Seo cuid de na grianghraif a ghlac mé fad is a bhí mé ann.

Bhí damhsa na ndragan ann

Chuaigh siad ag damhsa síos tríd an mbaile.

Is Sínigh agus Seapánaigh de shliocht na Síne a d'eagraigh agus a ghlac páirt san fhéile. Bhí ceol, damhsa agus gleacaíocht Shíneach ann. Bhí laindéir déanta d'éadach agus de pháipéar le feiceáil ar fud na háite.

KIMONO

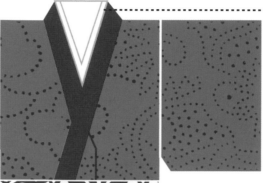

Haneri

Is kimono í seo a cheannaigh mé do mo mháthair. Seo éadaí traidisiúnta Seapánacha.

Obi

Obijime

Ceanglaítear an obi timpeall ar bhásta na mná.

Is corda é seo a choinníonn an obi socair.

Seo cuid de na bábóga atá ag Satomi

Tá cineálacha difriúla kimono á gcaitheamh acu. Féach thíos na snaidhmeanna difriúla ar an obi agus ar an mbealach ina bhfuil a gcuid gruaige cóirithe.

BÁBÓGA ATÁ AG SATOMI

KIMONO FIR

Tá an kimono uafásach daor. Cosnaíonn sé na céadta míle yen. Tá yukata níos saoire. Ní chaitear na héadaí seo de ghnáth anois ach amháin le linn féilte agus ócáidí speisialta. Caitheann na fir kimono níos simplí agus é déanta de shíoda dubh. Tá sé níos giorra ná kimono mná. Caitheann fir agus mná kimono nuair a phósann siad.

44

GETA

Kimono

YUKATA

Seo iad mo chuid **geta**. Is bróga adhmaid iad. Caithimse le **yukata** iad.

Tá an bhábóg seo ag caitheamh **zori**. Caitear iad seo le **tabi** (stocaí). Bíonn scoilt idir an ordóg agus an chéad mhéar coise eile. Caitear iad le **kimono**.

Déarfainn nach bhfuil aon chompord iontu.

Téann tú i dtaithí orthu agus tá sé an-éasca **geta** agus **zori** a bhaint nó a chur ort nuair atá tú ag teacht is ag imeacht.

Seo duine de na múinteoirí Béarla sa scoil agus í ag caitheamh **yukata**. Nach mbreathnaíonn sí go deas?

Tabi

Zori

Tá Satomi chun níos mó
Seapáinise a mhúineadh dom.

Ar dtús caithfidh tú na
fuaimeanna a fhoghlaim.

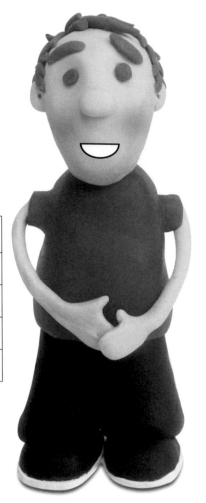

FUAIMEANNA

a	(ar nós an **a** in a**bhaile**)	aa	(ar nós **a** fada)
i	(ar nós an **í** i d**tír**)	ii	(ar nós **í** fada)
u	(ar nós an **ú** in **úll**)	uu	(ar nós **ú** fada)
e	(ar nós an **é** in **é**)	ee	(ar nós **é** fada)
o	(ar nós an **ó** in **ól**)	oo	(ar nós **ó** fada)

ʉ Ní fhuaimnítear an u seo.

UIMHREACHA

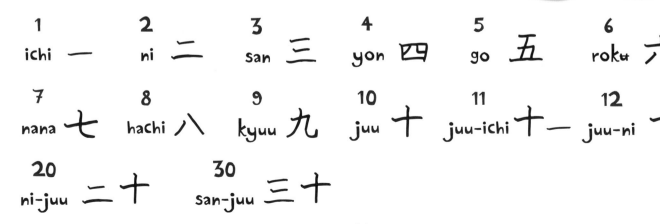

1 ichi 一   2 ni 二   3 san 三   4 yon 四   5 go 五   6 roku 六

7 nana 七   8 hachi 八   9 kyuu 九   10 juu 十   11 juu-ichi 十一   12 juu-ni 十二

20 ni-juu 二十   30 san-juu 三十

DATHANNA

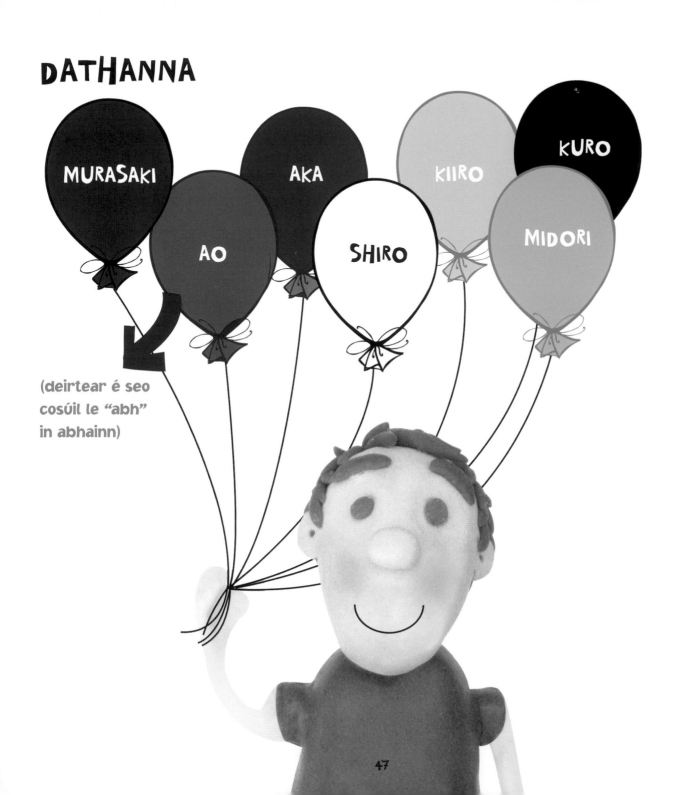

MURASAKI

AO

AKA

SHIRO

KIIRO

KURO

MIDORI

(deirtear é seo cosúil le "abh" in abhainn)

AN CORP

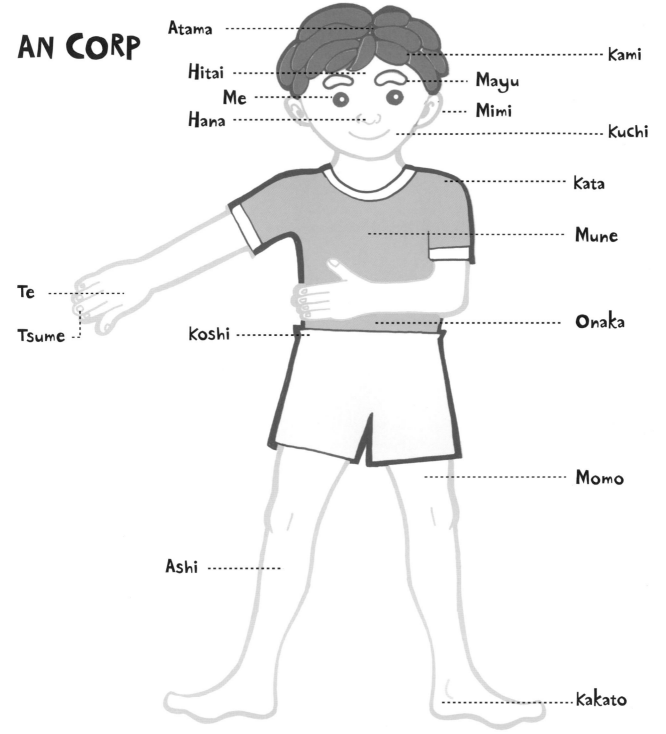

Atama

Hitai

Me

Hana

Kami

Mayu

Mimi

Kuchi

Kata

Mune

Te

Tsume

Koshi

Onaka

Momo

Ashi

Kakato

Tíortha

Nihon	**Airurando**	**Sukottorando**	**Kanada**
Ní-hon	Ai-rú-ran-do	Scot-ó-ran-do	Ca-na-da
An tSeapáin	Éire	Albain	Ceanada
Amerika	**Oosutoraria**	**Ingurando**	
A-me-rí-ka	Ós-tú-ré-rí-a	In-gu-ran-dó	
Meiriceá	An Astráil	Sasana	

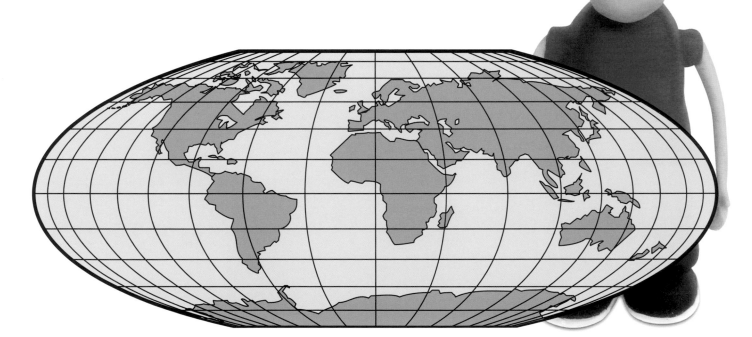

Tá sé an-deacair foghlaim conas scríobh agus léamh anseo.

Tá trí chóras dhifriúla scríbhneoireachta sa tSeapáinis. Hiragana ceann acu. Úsáidtear é le focail Sheapáinise a scríobh. Katakana a úsáidtear chun focail ón iasacht a scríobh. Kanji an córas siombailí a tugadh isteach ón tSín. Léiríonn an kanji focail trí phictiúir a úsáid ach tá na mílte siombailí le foghlaim; mar sin, de ghnáth, feictear kanji agus hiragana scríofa le chéile. Foghlaimítear iad go léir. Úsáidtear na litreacha Rómhánacha le romaji a scríobh. Úsáideann eachtrannaigh romaji le Seapáinis a fhoghlaim.

Kanji

Seo samplaí den bhealach inar socraíodh ar kanji do na rudaí seo a leanas.

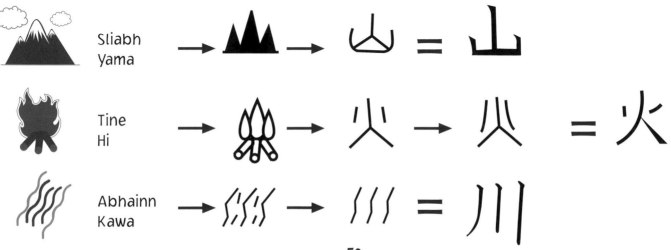

Sliabh
Yama

Tine
Hi

Abhainn
Kawa

Tá go leor den kanji seo an-chosúil lena chéile, nach bhfuil?

Tá. Scríobhann tú mar seo é. Triail anois é.

Hon (leabhar) | 一 | 十 | 才 | 木 | 本 | | 本 | | |

Ki (crann) | 一 | 十 | 才 | 木 | | 木 | | |

Oki (mór) | 一 | ナ | 大 | 大 | | | | |

Hito (duine) | ノ | 人 | 人 | | | | |

Chiisai (beag) | 亅 | 亅 | 小 | 小 | | | |

Ko (páiste) | フ | 了 | 子 | 子 | | | |

Ame (báisteach) | 一 | 冂 | 冂 | 雨 | 雨 | 雨 | | |

AIBÍTIR SEAPÁINISE

HIRAGANA	KATAKANA	ROMAJI	HIRAGANA	KATAKANA	ROMAJI	HIRAGANA	KATAKANA	ROMAJI	HIRAGANA	KATAKANA	ROMAJI	HIRAGANA	KATAKANA	ROMAJI	HIRAGANA	KATAKANA	ROMAJI	HIRAGANA	KATAKANA	ROMAJI
あ	ア	a	か	カ	ka	さ	サ	sa	た	タ	ta	な	ナ	na	は	ハ	ha
い	イ	i	き	キ	ki	し	シ	shi	ち	チ	chi	に	ニ	ni	ひ	ヒ	hi
う	ウ	u	く	ク	ku	す	ス	su	つ	ツ	tsu	ぬ	ヌ	nu	ふ	フ	fu
え	エ	e	け	ケ	ke	せ	セ	se	て	テ	te	ね	ネ	ne	へ	ヘ	he
お	オ	o	こ	コ	ko	そ	ソ	so	と	ト	to	の	ノ	no	ほ	ホ	ho

HIRAGANA	KATAKANA	ROMAJI	HIRAGANA	KATAKANA	ROMAJI	HIRAGANA	KATAKANA	ROMAJI	HIRAGANA	KATAKANA	ROMAJI	HIRAGANA	KATAKANA	ROMAJI
ま	マ	ma	や	ヤ	ya	ら	ラ	ra	わ	ワ	wa	ん	ン	n
み	ミ	mi				り	リ	ri						
む	ム	mu	ゆ	ユ	yu	る	ル	ru						
め	メ	me				れ	レ	re						
も	モ	mo	よ	ヨ	yo	ろ	ロ	ro	を	ヲ	o			

52

とけい

カメラ

いぬ

ねこ

ほん

はな

トイレ

かさ

Nuair a chuaigh mé féin agus Satomi ar cuairt chuig Hiroshima chonaic mé go leor éan origami a bhí fágtha ag daoine i bPáirc na Síochána.
Seo na grianghraif díobh.

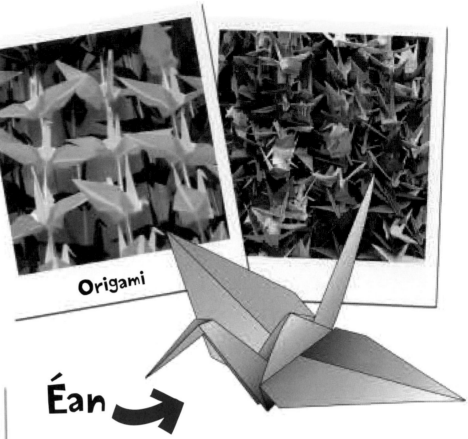

Origami

Éan ➔

Hiroshima

Bhí cailín ann a buaileadh tinn le hailse tar éis scaoileadh an bhuama adamhaigh ar an áit ina raibh cónaí uirthi. Tharla sé seo le linn an Dara Cogadh Domhanda. Chreid sí dá n-éireodh léi 1000 éan a dhéanamh go mbeadh biseach uirthi. Thosaigh daoine ag tabhairt cúnaimh di ach cailleadh í sular éirigh léi an míle éan a dhéanamh. Lean daoine orthu ag déanamh éan origami le cur in iúl go bhfuil síocháin uathu ar fud an domhain. Fuair go leor daoine bás d'ailse de dheasca an bhuama agus tá go leor daoine ag fulaingt fós. Is féidir na mílte éan a fheiceáil i bPáirc na Síochána i Nagasaki agus in Hiroshima.

Thaispeáin Satomi dom conas éan origami a dhéanamh agus d'fhágamar inár ndiaidh i bPáirc na Síochána iad.

Nuair a bhí an ceann deireanach díreach déanta agam, shéid an ghaoth agus d'ardaigh sí léi é. Chuir sé sin ag machnamh mé.

Shuigh mé síos agus chum mé an haiku seo i bhfoirm seacht siolla dhéag, 5-7-5.

Páirc na Síochána

Haiku Tarlach:

scamall an uafáis
éan síochána ag eitilt
ag scaipeadh dóchais

Éan

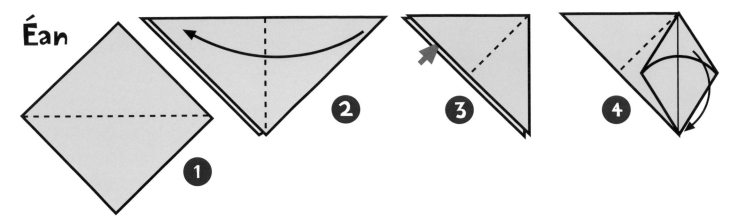

1. Fill cearnóg de pháipéar origami nó de pháipéar nuachtáin.

2. Fill arís.

3. Ardaigh an barr.

4. Fill síos ar an gcúinne.

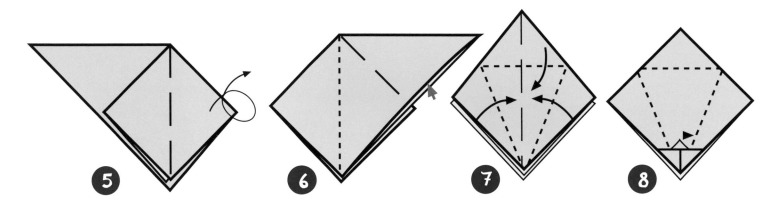

5. Cas ar chúl.

6. Ardaigh an barr arís agus fill síos ar an líne bhriste.

7. Fill ar na línte briste agus oscail amach arís iad. Cas agus déan an rud céanna ar an taobh eile.

8. Oscail siar an bun go dtí an líne bhriste ar an mbarr.

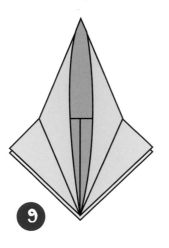 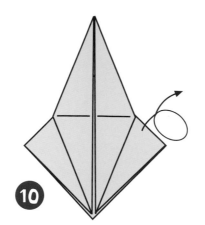 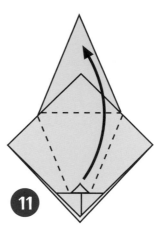

9. Fill isteach sa lár.

10. Cas ar chúl.

11. Oscail siar an bun arís.

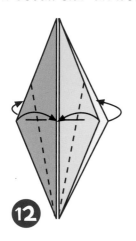 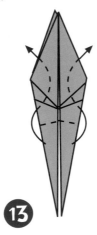 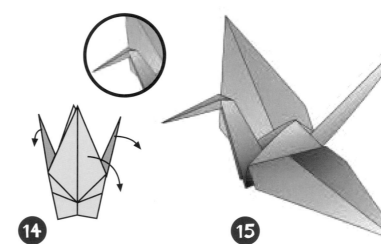

12. Fill ar an líne bhriste — tosach agus cúl.

13. Fill suas ar an líne bhriste. Scaoil síos arís iad. Cas ar a thaobh agus fill suas píosa íochtarach amháin idir an dá sciathán. Cas go dtí an taobh eile agus fill suas an píosa íochtarach eile idir an dá sciathán.

14. Séid isteach sa pholl beag ag bun an éin agus tarraing na sciatháin.

15. Tarraing síos an cloigeann.

Osclaíonn sibh leabhar droim ar ais. Léann sibh an leabhar ó chúl go tosach.Tiomáint ar thaobh na láimhe clé mar atá in Éirinn. Úsáideann daoine a sloinnte roimh a n-ainmneacha baiste sa tSeapáin. Claonann daoine a gceann in áit lámh a chroitheadh. Labhraíonn na soilse tráchta le rá leat cén dath atá ar an solas agus go bhfuil sé sábháilte dul trasna. Nuair a théann tú isteach i siopa cuireann na freastalaithe uile fáilte romhat. Agus fágann siad go léir slán leat chomh maith.

Slán!